À Deek – L.G.

Traduction de Marie Ollier

Maquette édition française : Laure Massin
ISBN : 978-2-07-513102-5
Titre original : *Between Tick and Tock*
Publié pour la première fois par Egmont UK, Londres
© Louise Greig 2018, pour le texte
© Ashling Lindsay 2018, pour les illustrations
Louise Greig et Ashling Lindsay revendiquent le bénéfice de leur droit moral.
© Gallimard Jeunesse 2019, pour la traduction française
Tous droits réservés
Numéro d'édition : 355227
Loi n°49-956 du 16 juillet 1949
sur les publications destinées à la jeunesse
Dépôt légal : janvier 2020
Imprimé en Malaisie par Tien Wah Press

LA PETITE FILLE ET LE TEMPS

LOUISE GREIG

ASHLING LINDSAY

GALLIMARD JEUNESSE

Tic-tac, tic-tac.
La ville gronde.
« Plus vite ! Plus tard ! Pas le temps ! »

Café

BIBLIOTHÈQUE

Tic-tac, tic-tac.
Les tramways grognent,
les trains rouspètent.
«Laissez passer!»

Les rues font grise mine...

Il n'y a personne

pour jouer avec l'enfant,

pour ramasser le doudou égaré

ou caresser le petit chien abandonné.

Personne pour le chat qui miaule
sur la branche.

La ville est trop occupée.

Mais tout là-haut,
loin du tourbillon de la ville,
là où les oiseaux
se délassent,
il y a quelqu'un
qui regarde.

Quelqu'un qui sait qu'il est temps d'arrêter l'horloge.

MARCHE

ARRÊT

Alors, l'espace d'un instant, tic-tac,
entre deux battements, tic...

STOP !
La ville frémit et se fige.

Ch**hhh**hut... Une vague de silence
engloutit les bruits.

Les yeux se ferment.

Tout se tait.
Plus rien ne bouge.

Sauf Lise.

Profitant de cette seconde suspendue,
elle dévale l'escalier et déboule dans la rue.

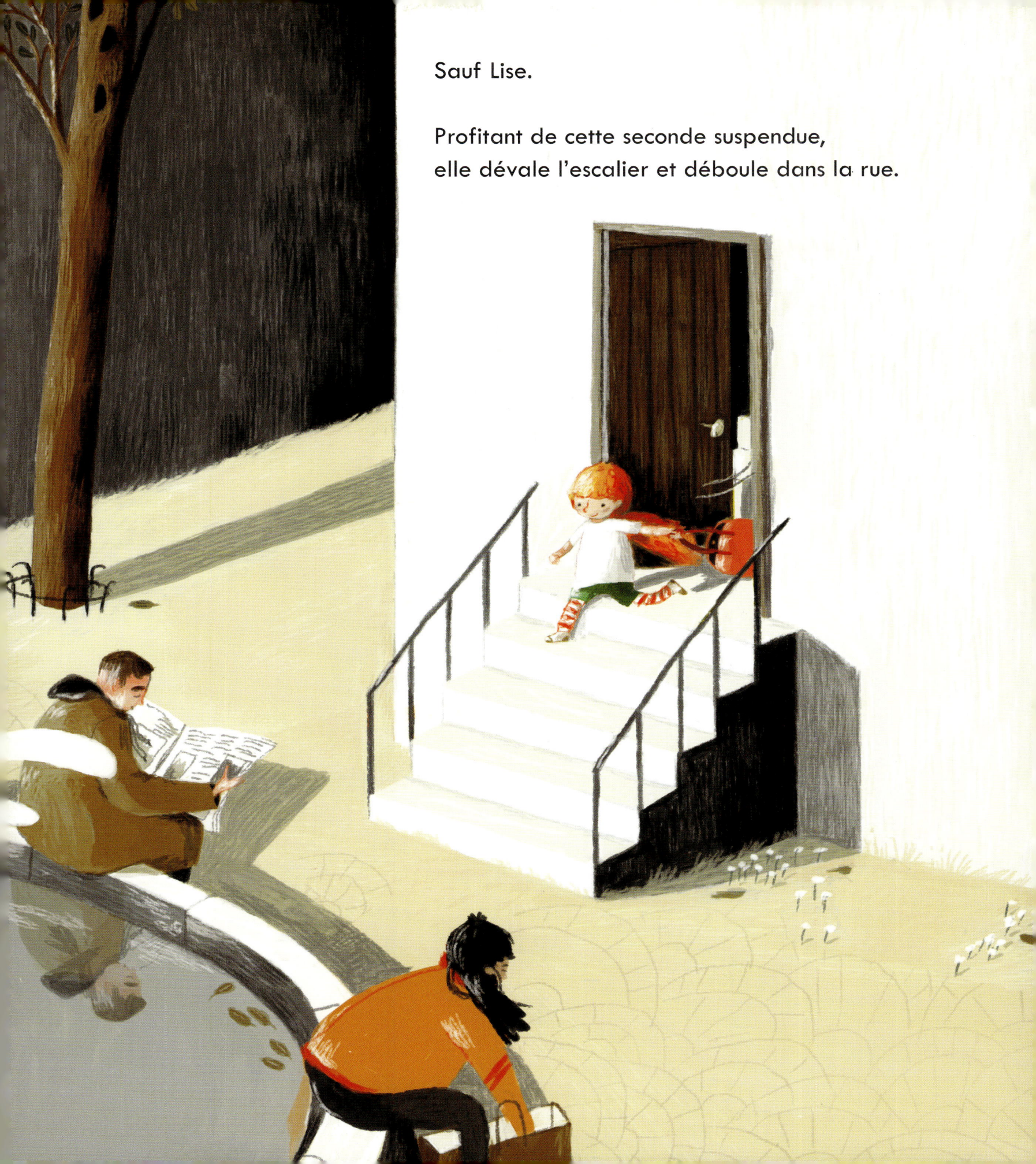

Personne ne voit.
Personne ne sait qu'un jardin a surgi.

Du vert, du rose
et du violet étincellent,
tandis que le gris disparaît.

– Merci Lise, murmure la ruelle.
Comme je suis jolie...

L'horloge retient son souffle.
Lise se faufile en douce.

En un clin d'œil, elle réconcilie deux drôles de statues,
deux dames à bonnet, qui se chamaillaient.
– Allons ! Voici un morceau pour chacune.
Et quelques miettes pour le moineau.

Il faut aussi sauver le chat.
Lise le prend doucement
dans ses bras et lui dit
pour le rassurer...

Puis Lise escalade l'arbre
jusqu'au nid des oiseaux.
– Voyons, petit merle,
tu as sauté trop tôt. Sois patient.
Attends d'avoir de belles plumes
et des ailes solides pour t'envoler.

– Te voilà libre.

Mais Lise a encore fort à faire.
Dans la ville muette, une jeune lectrice s'inquiète.

BIBLIOTHÈQUE
MUNICIPALE

– Ne t'en fais pas,
lui glisse Lise à l'oreille.
Le grand livre des tigres
est de retour à temps.

Tu sais, la bibliothécaire l'aime autant que toi.
Quand les aiguilles de l'horloge tourneront
à nouveau, la ville rugira, et vous deux,
vous pourrez parler de tigres à voix basse.

Dehors, Lise court encore.
Elle chasse les tracas.

WOOUF ! Vous pourrez jouer à deux.

CLING ! Pour qui cette pièce porte-bonheur ?

Hop ! Une maman cane retrouve ses petits.

Parfois, la ville a besoin d'une main amie,

capable de retrouver un doudou...

Parfois, la ville a besoin d'un petit coup de pouce.
D'un nouveau souffle.
– Allez, cerf-volant, envole-toi !

Il reste le bus et son précieux passager violet...
– S'il vous plaît, madame la conductrice, chuchote Lise,
arrêtez-vous près d'un buisson de lilas.

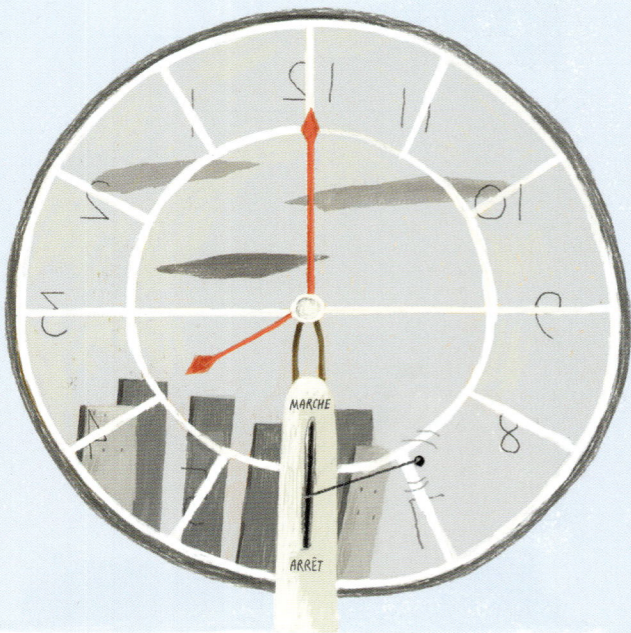

Mais voici que l'horloge appelle :
« Attention, Lise ! »
La ville ne peut rester ainsi,
bloquée entre le tic et le tac.

Alors, saisissant le petit chien perdu aux oreilles de velours,

Lise grimpe quatre à quatre
l'escalier qui mène chez elle.

Et, de sa fenêtre tout là-haut,
elle souffle encore et encore pour éloigner le gris.

Tic-tac, tic-tac.
L'aiguille de l'horloge se remet à trotter.
Le silence redevient bruit.
Les yeux s'ouvrent, les gens et choses s'animent,
et la ville revient brusquement à la vie.

Tic-tac, tic-tac.
La ville chante et pétille.

– Comme c'est joli !
entend la petite ruelle.

BIBLIOTHÈQUE

La piécette scintille
entre deux
chaussures rouges.

Deux paumes de main
s'ouvrent délicatement,
– Te voilà chez toi. Au revoir, papillon !

Tout là-haut, loin
du tourbillon de la ville,
là où s'élancent les oiseaux,
un petit chien découvre son nom ;
un nom plus petit que lui : Ben.

Tic-tac, tic-tac.
Si un jour les rues
reprennent leur course folle,
il y a quelque part
une petite fille attentionnée
qui sait exactement quoi faire.

Lise veille…
Tic-tac, tic-tac, tic…
Qui a dit qu'une ville ne s'arrêtait jamais?